儿童情绪管理与心理素质培养：

告别

[法]卡琳·西蒙内特/著　[法]安妮·吉拉德/绘　陈潇/译

深圳出版社

有一天，妈妈来学校接我。她眼睛红红的，跟我说婶婶去世了。我想知道**死后是什么样**……

“千百年来，人们一直在讨论这个话题。但是妮娜，这是个**千古谜题**。”

死亡会**很疼**吗？

“人死了，身体**停止运转**，什么都感觉不到，包括疼痛，所以死亡应该不会让人觉得很疼。只有活着才会感觉到痛苦。”

那么，人死了，大脑就不再工作，是这样吗？

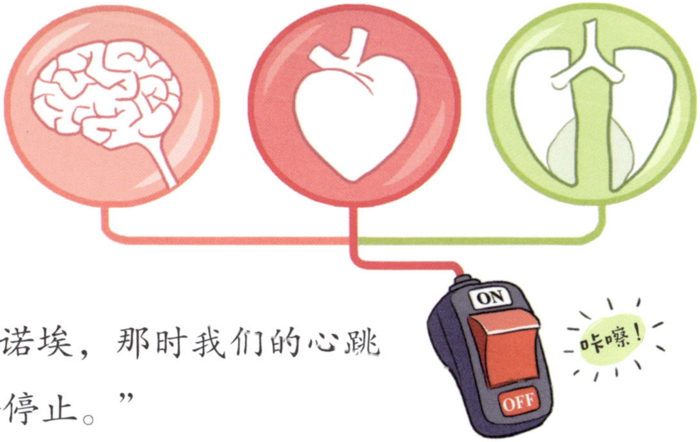

“没错，诺埃，那时我们的心跳和呼吸也都会停止。”

“妮娜，你这种想法可以**帮你减轻悲伤**。我们生病时最害怕的就是疼痛，但随着医学的进步，病人的痛苦越来越少。”

可我觉得这么年轻就死去，是一件令人伤心的事情，比如你婶婶。

“这的确是一件令人伤心的事情，诺埃，你甚至会觉得**不公平**和愤怒。”

是的，我们**不该死掉**！

“要知道，死亡是生命的法则。所有的生物都会死去，从最小的微生物到昆虫，植物、动物，包括人类！”

“我们的身体会变得疲惫，也许最后我们会觉得无聊。死亡，就赋予了生命某种**意义**。”

“因为我们知道，人终将死去，所以我们才努力生活，让生命变得很重要。珍惜每个时刻，**关心**周围的人和事物。”

“妮娜，你说得对！从出生到死亡，给后代留下位置，这就是生命的过程。如果你观察大自然的四季，你就会发现，万事万物都是如此**循环**，永不停歇。”

“是的，诺埃，害怕死亡是**正常**的。死亡是个谜题，我们了解不多。不知道死后会变成什么样，所以死亡才让人害怕。”

“诺埃，现在，你没有任何理由会死。我要告诉你一个秘密：当你在感受**此时此刻**时，你就不会去想逝去的时间，就像是时间暂停了一样。如果你全身心体验正在做的事情，例如**专注于**手中的游戏，那么你的恐惧就会消失，你不会再想到死亡。”

“妮娜，我们都害怕失去我们爱的人。但是如果你的父母现在安好的话，就没必要去想这件事。你这是在为**还没发生**的事情自寻烦恼。”

“是的，那时候，你肯定已经长大了，看待事情的**角度**会不一样。你现在感到害怕，因为你还是个孩子，你**成长**的过程中还需要父母。等你长大了就不一样，你会建立起自己的生活。”

我不应该再去想这件事？

“你想这件事也是正常的。但是害怕会让你浪费时间，我们应该更加**珍惜**跟父母共度的时光。”

“当你感到害怕时，也许可以这样对自己说：

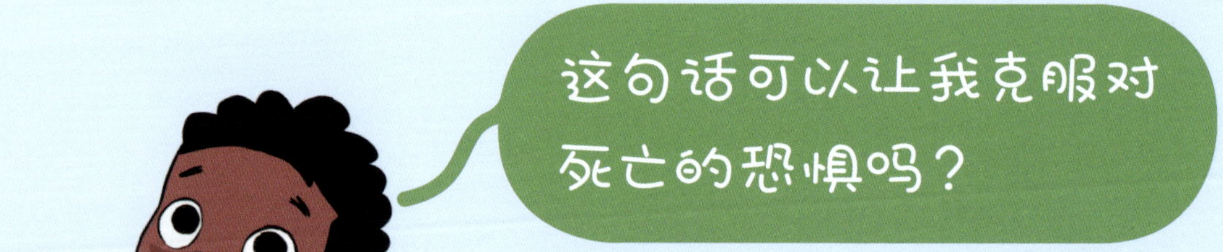

“当然可以，你可以把这句话写在小本子上，这样就不会忘了。”

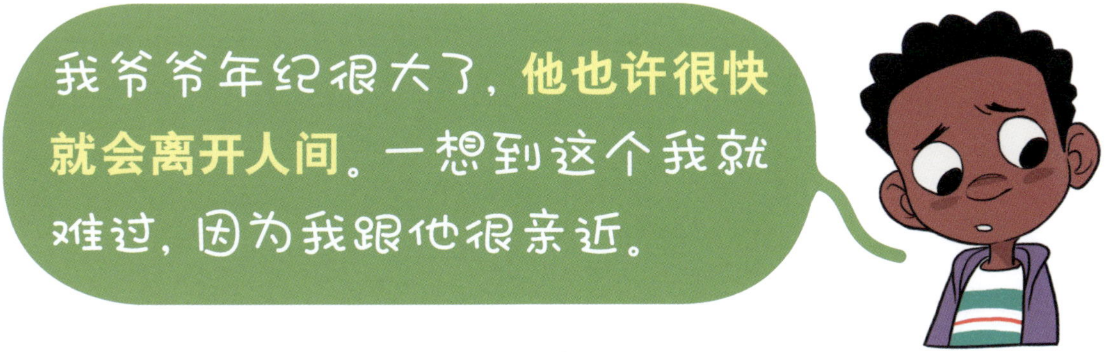

“诺埃，能告诉我你最喜欢跟爷爷一起做什么吗？”

“他**教会你**的那些东西会永远留在你身上。当他离开后，他的一部分会被你**延续**下去，无论你是在钓鱼还是在吹口琴，都会有他的影子。”

“是的，诺埃，你会想念他。当我们失去所爱之人时，想到再也见不到他，我们会很伤心。对你爷爷的回忆、他教会你的一切，这些都会让他**继续活着**。随着时间的流逝，思念之情会发生**变化**，变得不那么令人难过。”

“妮娜，你是怎么想的？”

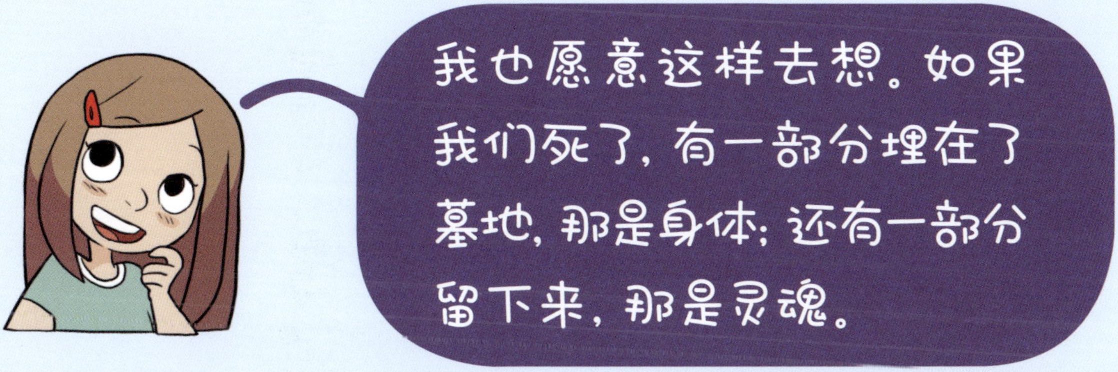

“妮娜，这个说法很有趣，你怎么看待**灵魂**？”

“对灵魂的这种描述非常美！妮娜，要**相信**对你有用的、对你来说是**正确**的东西，这很重要。关于死亡有很多种说法。”

“有些人认为，我们死后会以其他形式存在，灵魂可能就是其中的一种形式。”

“是的，诺埃。你可以用星星来**寄托**你对曾祖母的**思念**。如果这种寄托对你来说很重要，你可以仔细观察周围的事物，例如，清晨的露珠、白云、让你觉得痒痒的风。”

“这一点很重要。死亡让我们觉得与所爱的人永远分开了，所以我们感到很难过，感到心里空荡荡的。而这些暗号就像是他们在对我们**眨眼睛**一样。”

“妮娜，你不想伤心，这也是很正常、很自然的事情，我们想逃离悲伤的**情绪**，不想落泪。重要的是**倾听**和**平稳度过**那些难过的时光。”

“如果发生了这样的事情，我建议你安静地坐下来，然后对悲伤说一句‘你好’，把它温柔地抱在怀里，贴得紧紧的。”

“请你观察接下来发生的事情，但我想，悲伤很快就会踮着脚尖离开。”

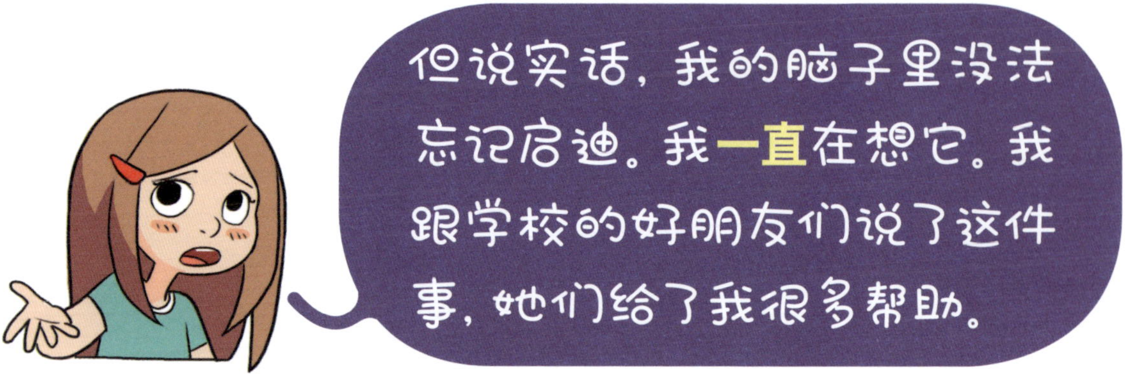

“我们感到不幸时，就会老想着这种不幸。还好朋友们会帮助你，多亏了她们，你可以转移**注意力**，**关注**除了启迪以外的事情。”

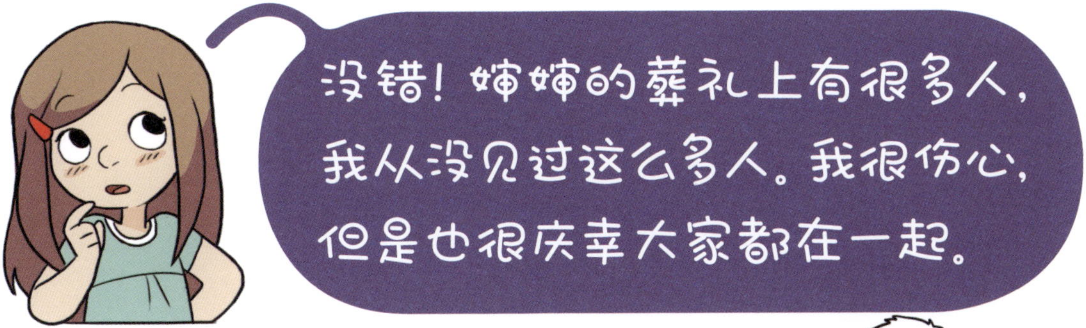

“我们感到痛苦时，才意识到需要有人陪伴、有人关爱。**团结**是很重要的品德！”

“人在忧伤的时候是**脆弱**的，所以会感到害怕，而且会萌发一些不正确的想法。”

“如果你能跟朋友们**谈谈**这事，你需要他们做什么？”

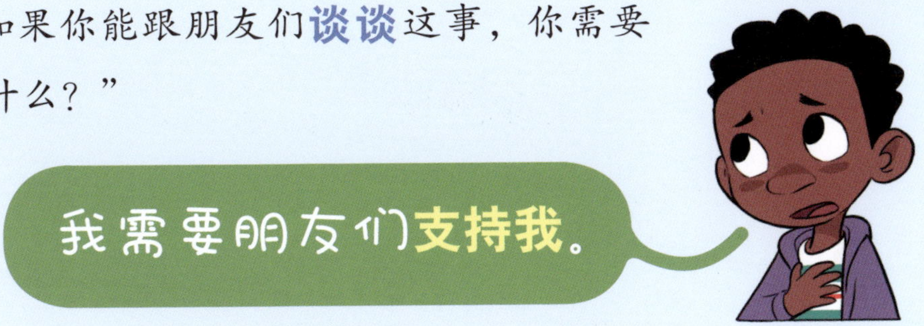

“好的，但怎么支持呢？”

“诺埃，如果你希望他们帮你转移注意力，他们会乐意的。因为我相信换作是你，你也会这样做。”

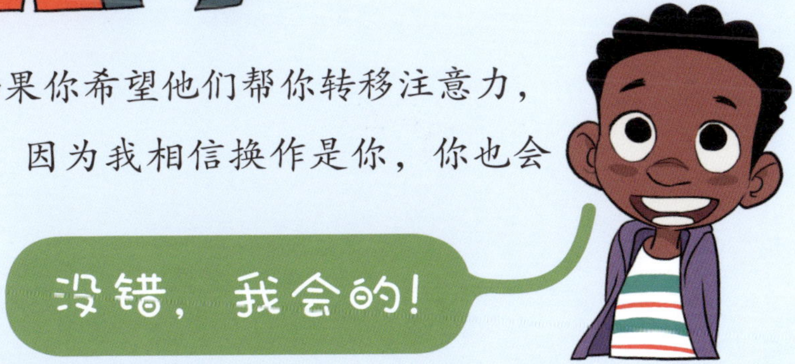

“没有人能代替我们**受苦**，我们只能**独自**承受痛苦，但如果有朋友在身边陪伴我们，那会是很强大的支撑。”

“闭上眼睛，想象朋友们都在你身边，那是什么感觉？”

“这就是友谊的证明啊！朋友会让你**心里暖起来**，因为爱是鲜活的！”

版权登记号 图字：19-2023-291号

图书在版编目（CIP）数据

告别 / (法) 卡琳 · 西蒙内特著 ; (法) 安妮 · 吉拉德绘 ; 陈潇译. -- 深圳 : 深圳出版社, 2024.3
（儿童情绪管理与心理素质培养）
ISBN 978-7-5507-3886-7

Ⅰ. ①告… Ⅱ. ①卡… ②安… ③陈… Ⅲ. ①儿童故事—图画故事—法国—现代 Ⅳ. ①I565.85

中国国家版本馆CIP数据核字(2023)第163334号

告别

GAOBIE

出 品 人 聂雄前
责任编辑 林凌珠
责任校对 黄 腾
责任技编 梁立新
装帧设计 龙瀚文化

出版发行 深圳出版社
地 址 深圳市彩田南路海天综合大厦（518033）
网 址 www.htph.com.cn
订购电话 0755-83460239（邮购、团购）
设计制作 深圳市龙瀚文化传播有限公司 0755-33133493
印 刷 中华商务联合印刷（广东）有限公司
开 本 787mm × 1092mm 1/16
印 张 2
字 数 10千
版 次 2024年3月第1版
印 次 2024年3月第1次
定 价 38.00元